청춘로맨스.

미울 글 · BV 그림

청춘로맨스

4. 그리고, 취중진담

예담

오소민(24)

M대 CMD학과
4학년
148cm
7월 24일
O형
부모님, 오빠

유연태(20)

M대 CMD학과
1학년
185cm
7월 31일
O형
부모님, 형, 누나

박율미(23)

M대 CMD학과
3학년
167cm
5월 23일
B형
부모님, 여동생

정욱채(23)

M대 CMD학과
휴학 중
172cm
11월 20일
O형
어머니, 남동생

주혜리(23)

M대 CMD학과
3학년
160cm
3월 14일
O형
부모님

윤화운(26)

M대 CMD학과
4학년
182cm
12월 14일
AB형
부모님, 누나

정교진(37)

M대 디자인학부 교수
174cm
6월 30일
A형
부모님, 누나, 여동생

차례

♥

51

설익은
마음

헤리야.

응?

화운 선배
어때?

어떠냐고?
어… 착하고…
좋은… 분이신데?
이깃저것 나
잘하셔서 존경스럽기도
하고…?

아니 아니…
음…

남자로서…
어떻냐고.

달칵

달칵

메신저…?

lezhinon

lezhinon de

맞아, 고등학생 때
친구들이랑
자주 했었지…

대학 와서는
안 들어가 봤네.

그때 친구들이랑
무슨 얘기를 했었더라.

lezhinon

lezhinon delete

내가 왜…
안 들어가게 됐더라.

……

넌 평생 얼굴로
먹고사는 게 낫지 않겠어?

생각났다.

왜 안 보려고 했는지.

왜 머리에서
지우려 했는지.

삐비

지잉

♥
52

의식

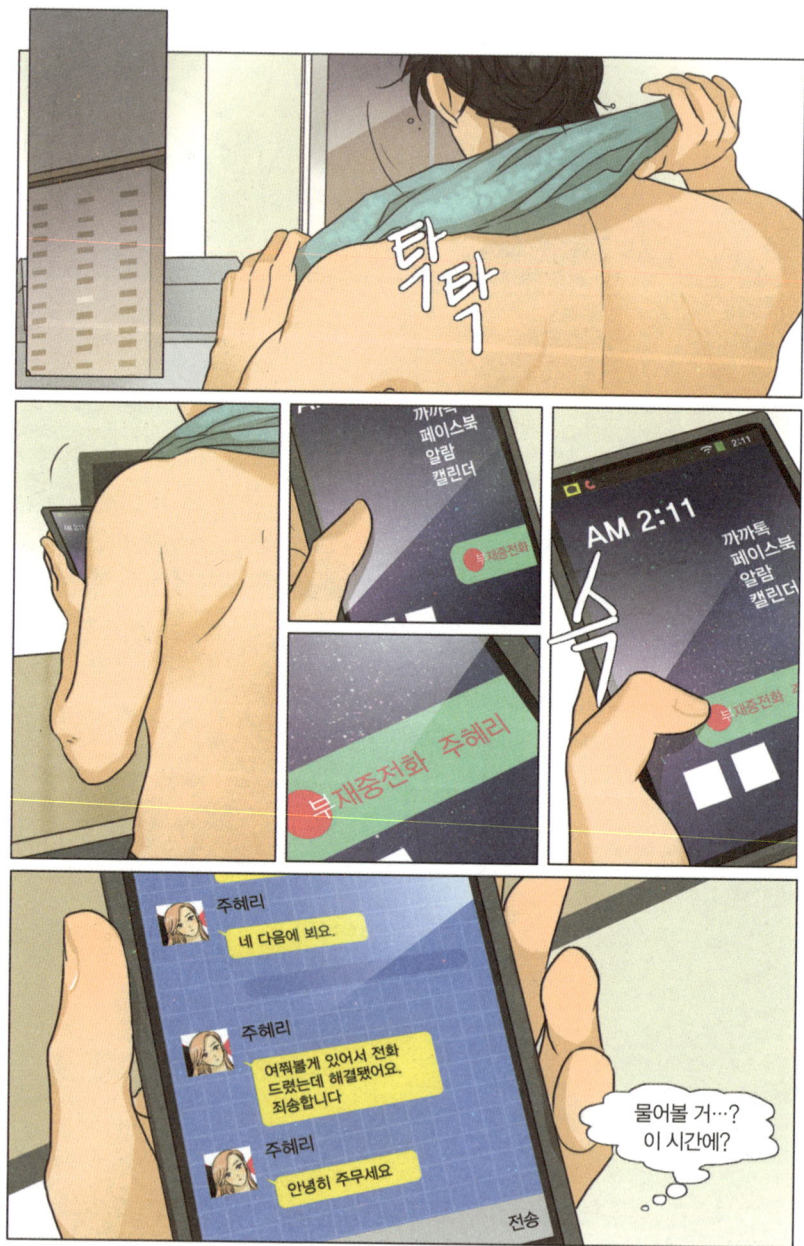

030

아니긴…

앉아봐, 앉아봐.

말해봐. 뭔데?

그게…

네가… 저번에 화운 선배에 대해서 물어봤잖아.

응.

왜 갑자기 그런 걸 물어본 거야?

딱히…

갑자기는 아니었지만…

사실 태성 선배가 말해줬는데…

아, 태성 선배는 우리 조장.

정태성 입니다!

같은 수업 애들이… 너희 둘 사이 좋아 보인다고.

뭐… 화운 선배가 널 좋아하는 게 아닌가?

…하는 그런 말들을 하고 있대.

괜히…
말했나.

……

아아아!!

이 얘기는
그만하고!

붕
붕

학교 점등식
포스터 붙은 거
봤어?

점등해서
크리스마스 분위기
미리 내는 거!

2학년 때도
했잖아!

그땐
일찍 집에 가서…
못 봤었어.

점등식?

응, 11월 말에
학교 나무에
전구 장식하고

이번엔
옆에 K대랑
연합으로
한다더라.

점등식…

♥
53
이유 있는
기우

드로잉-A

철컥

배고프지?

학식에서 저녁 먹고 갈까?

아…

둘이 분위기 좋아 보인다. 썸 타는 거 아니냐.

학생 식당…

이런 얘기가 돌고 있대.

소문이 더 돌면…

선배도 불편해할 거야.

네… 어…

친구랑 먹기로 해서요.

저는 괜찮아요.

그래, 알았어. 조심히 가고…

약속 있어?

부웅

우웅~

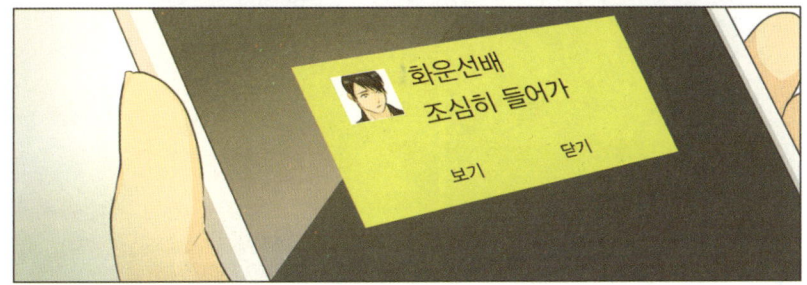

화운선배
조심히 들어가

보기   닫기

단호해져야 해…

거리를 둬야 해.

네

전에도

말투는 딱딱한 편이었지만…

요즘 들어…

♥
54
예고 없이
날아온

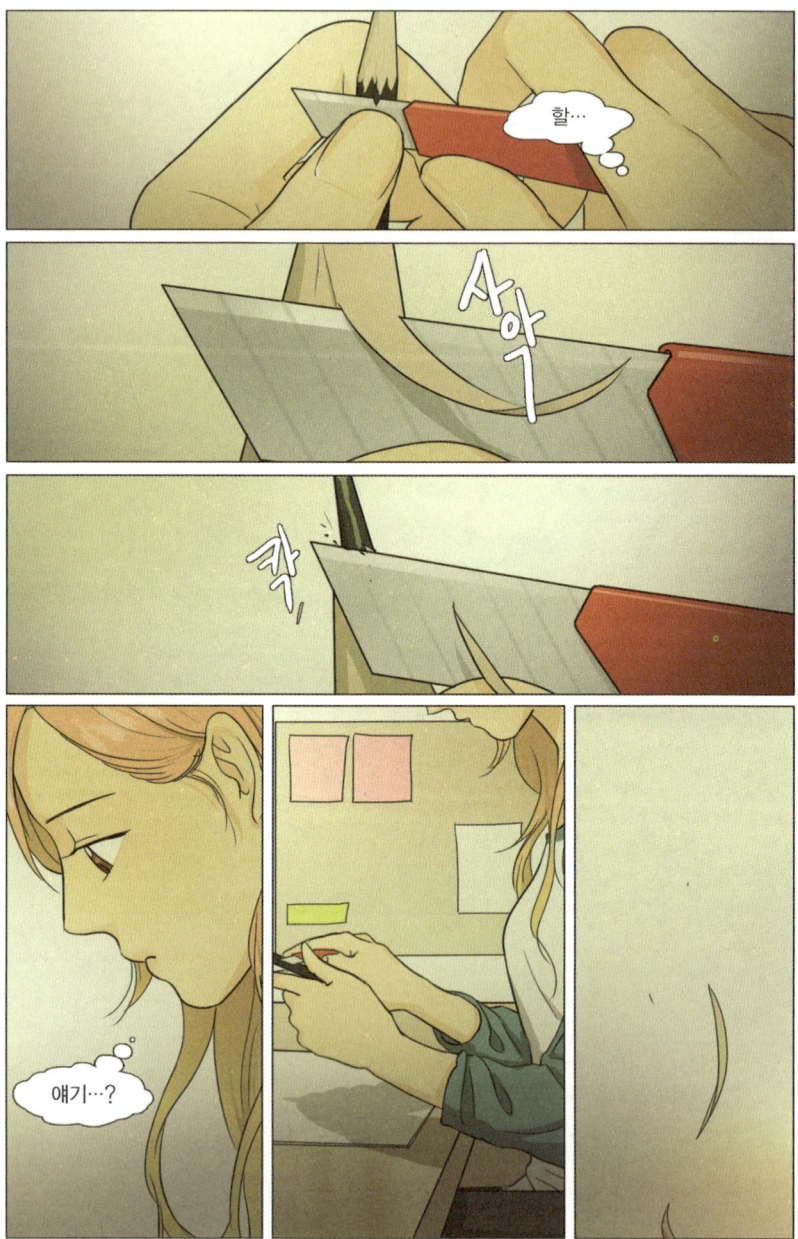

선배가 저를
좋아한다니,

말도 안 돼요.
그렇죠?

하하…

왜
말도 안 된다고
생각해?

빗소리를 가르며 날아온
낮은 목소리에

왜 아니라고
생각하는데?

······

목이 메었다.

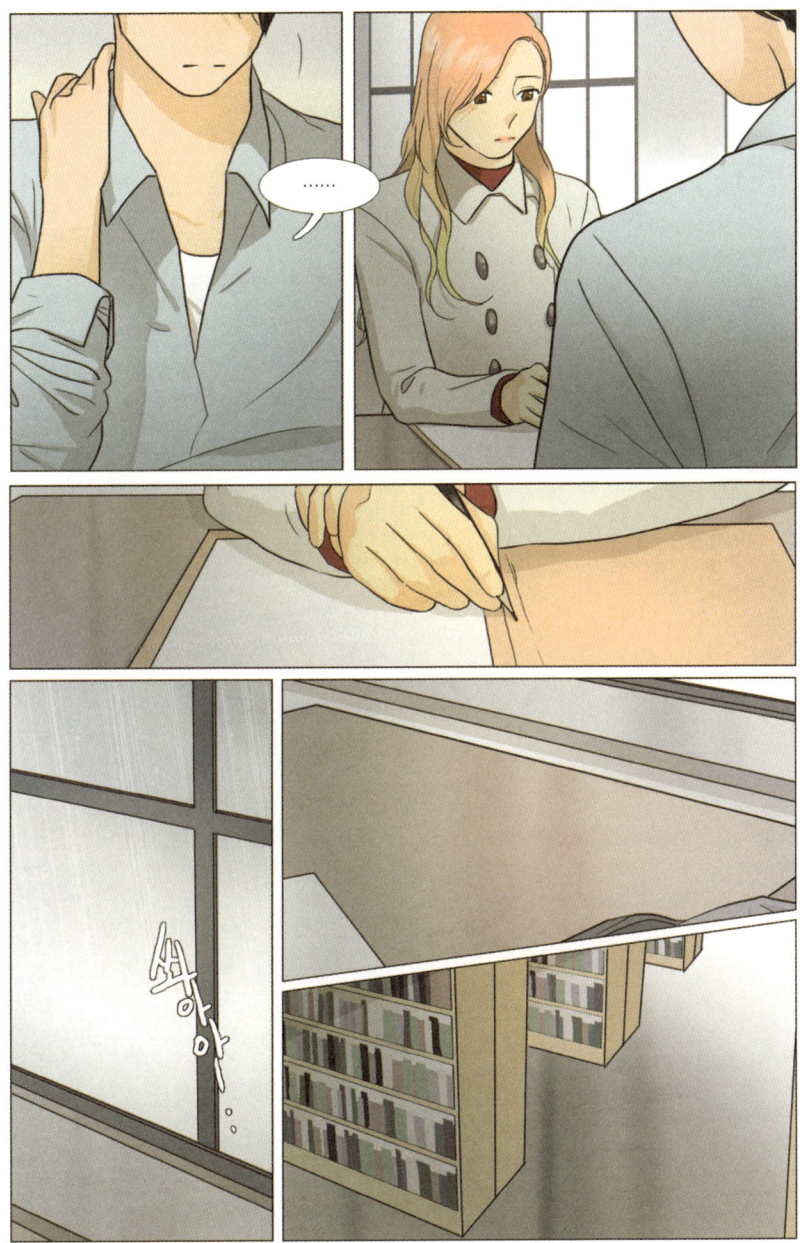

…그래.

여기에는 컨셉화를
하나 더 넣는 게 좋겠다.

그게 더… 보기에
좋을 것 같네.

그리고

그때, 부러진 연필심과 함께
튀어 오른 무언가가

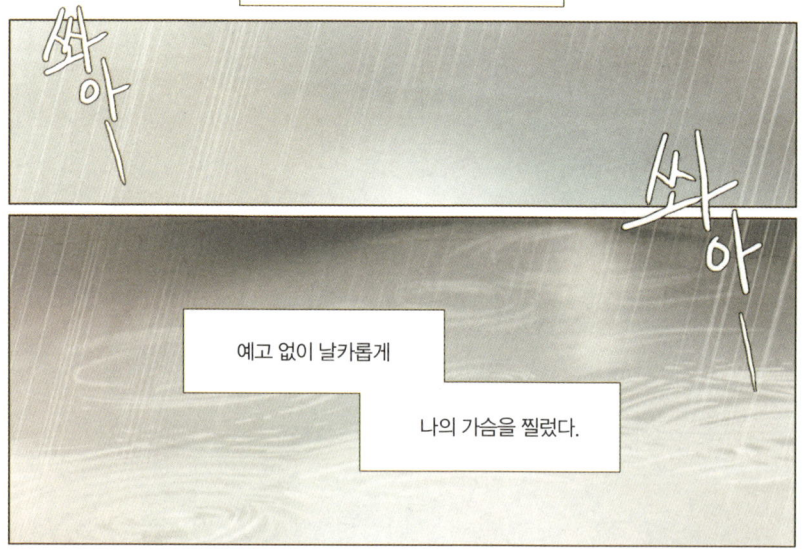

예고 없이 날카롭게

나의 가슴을 찔렀다.

♥
55
날카로운
화살

물 좀 떠올게.

쏴아아!

낯선 곳에 뚝 떨어진 것 같은
기분이 들었다.

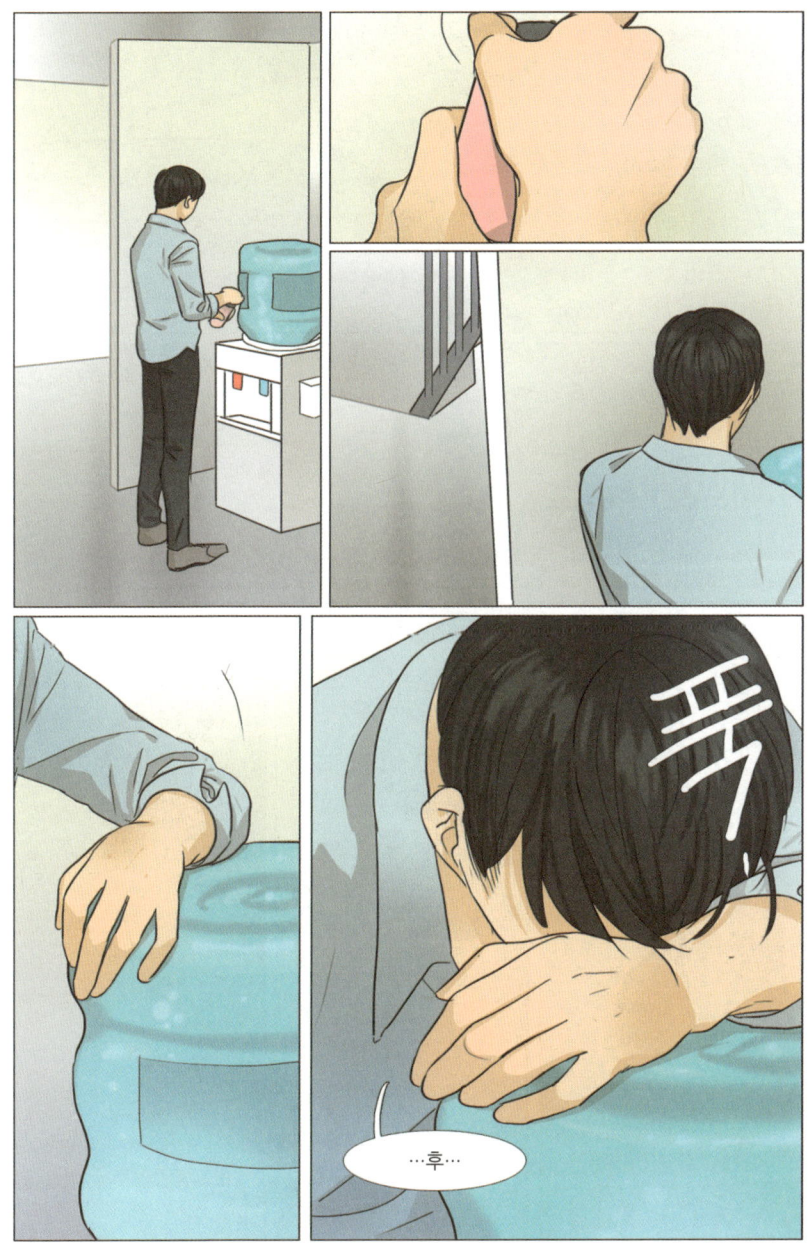

훅 끼치는 비 냄새에
숨이 막혔다.

쏴아

도망치는 수밖에
없었다.

56

쏟아지다

비… 그쳤네.

도망이나 치고…

'소중한 거 맞아요.'

…소중한 거 맞나?

편지도 쪽지도 없이
장갑만 달랑 든 소포에

실망하지 않았었나?

♥
57

취중진담

수

친구가… 있었어.

그림도…

그 친구 때문에
시작했고…

되게 좋아하는…
친구였는데…

걔는 아니었나봐.

다… 나 혼자
착각했던 건가봐.

…?…
무슨 일이
있었던 건가…

그때부터
어쩐지…

누군가의 칭찬도…
호의도…
잘 받아들이지를
못하겠어.

남자들도…

잘… 모르겠고.

지나치게 선을 긋고,
예의를 차린 건

강박…
같은 거였군.

아물지 않은
상처 위에 자꾸만

미안하다는 말로
어물쩍 넘어가려고?

그건 안 되지.

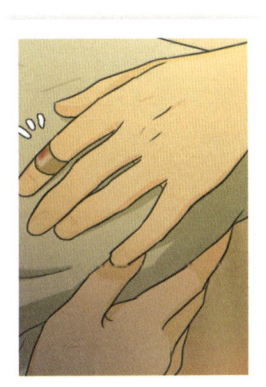

58

듣고 싶지 않은
말

미안하다는 말로
어물쩍 넘어가려고?

그건 안 되지.

그게…

저기…

아까
도서관에서
무슨 일이
있었던… 거야?

아…
그게…

제가
고백했어요.

네?

좋아한다고
고백했다고요.

어…
네?!?!

왁

……

아까 공원에서
혜리 네가 했던 말은…

솔직히 좀
충격이었어.

듣고 보니까
그게…

좋아하는
사람한테…

듣고 싶은 말은
아니더라고.

……

너는…

네가 소심하고…

음침하고…

단점밖에 없다고
했지만…

…글쎄.

내 눈엔 그게
잘 안 보여.

콩깍지인가…
하여튼

내 생각엔…

본인이 제일 잘 알고
있어서 싫은 단점들…

물론 나도
많이 있고…

사람들은 다
자기 단점이 있잖아.

그걸 너한테 말하면 너는 내 발이 엄청 신경 쓰이겠지?

신발을 신으면 잘 안 보이는데도 말이야.

까딱

너는 나와 술을 먹어보지 않았어도

이 사람 술 먹으면 개 된대!

라는 사실이 엄청 크게 보일 테고.

그렇…겠죠.

내가 막

사실 술을 마시면 개가 된다거나, 하면

……

그렇게…

상대방이 말한 단점만 부각돼서 보인단 말야.

사람들이 너를 볼 때

그 단점만 보게 된다고…

술렁이는
머릿속에서

쌰앙아

바람 소리가 났다.

59

걸음을 떼다

했는데…

야!

아냐… 나까지 뭐라고 하면 안 되지…

뭐라고 대답해야 할지

아직… 모르겠어.

거절이든 뭐든…

제대로 대답해드려야 하지 않겠어?

아직이라…

음…

선배는 큰맘 먹고 말한 걸 텐데

……

60

나누다

꽤 넓네…

그러게요.

우리가
지금 만들고 있는
사이즈는

많이 작을 것
같은데…

그러게요.

우리가 팀원이
둘뿐이라…
좀 작게 주실 줄
알았는데…

응. 그러게…

너희 기획이
꽤 좋았어.

빠락!

!

기껏 좋은
프로젝트 기획이
나왔는데
규모가
작으면 아쉽지.

게다가 너는
이게 학교에서 막작
아니냐?

네.

송 교수님 말
들어보니… 너 졸작도 벌써
끝냈지?

네.

…애들이
너 되게 재수 없어
하는 거 알지?

킬

킬킬

율미야.

오소민이 잠깐
바꿔달라는데?

율미야!

언니!

정태성, 넌
안 불렀는데…

어..

얼씨구. 내 폰으로
전화해놓고…

언니, 요즘
왜 이렇게

연락이
안 됐어요!

으… 나 졸작
때문에… 흑.

그래도 거의
마무리?

하…

지금도 겨우
빠져나왔어…

맞다, 졸작.
잘돼가요?

응… 그냥
그렇지, 뭐.

이야… 윤화운
그 선배는 진짜…

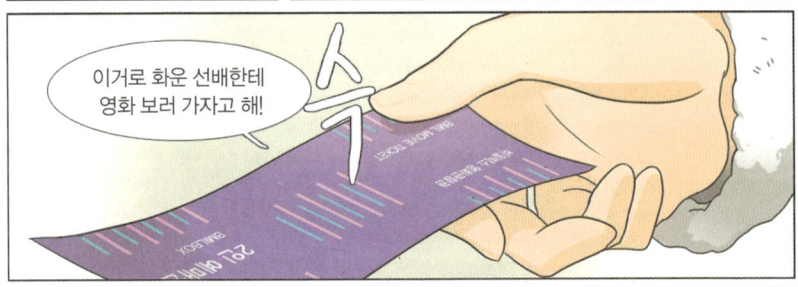

179

61

이번 주
금요일

…주혜리 연애사
꽃 좀 피나 했더니…

끙…
그만하자.
내가 잔소리해서
뭐해…

일단
중요한 건…

그럼 너가
고백 대답을…

좋다고 하면

그대로 장거리
커플 되는 거고

……

영화 저 친구랑
보러 가려고?

…줬다고?

아, 친구한테
줬어요.

네.

190

영화 보러 가자고
말해야 하는데…

그러고 보니
내 쪽에서 먼저

어디
가자고 말하는 거
처음이네.

어떻게
말해야 하지…

버스 타고
갈 거지?

훅

♥

62

금요일에
만나요

생각했던 것보다
재미있네?

평도
좋더라고요.

웅성

근데 중간에
좀 잔인했지?

아… 그 살인범
나올 때요?

그런 거
못 볼 것 같더니
잘 보던데…

가짜인데요,
뭐…

몇 년…
예정이신 거예요?

예정은
2년인데,

2년 마치고 바로
돌아올 수도 있고…

거기서 계속
일할 수도 있어.

계속…

응. 근데 뭐…

돌아올 이유가
있으면 2년 마치고
바로 돌아올
수도 있고.

돌아올 이유…

저 잠깐 전화 받고 올게요.

그래.

그랬구나. 아, 맞아. 선배가

언니한테 고맙다고 전해달라 하셨어.

응, 보고 나와서 밥 먹고 있어.

~~~~

~~~~

잔소리는… 알았어. 잘할게…

…율미
말도 맞아.

사귀지 않고…

그냥 선후배
관계로 남는다면…

장거리를
넘어서 힘들게
연락할 이유가
없어지겠지.

그러다가 곧 서로 다른…
아주 먼 장소에서

선배는 선배의 길을 가고,
나도 나의 길을 가겠지.

그러면
정말 다시는…

못 보게
되는 거겠지…

어떻게
해야 하지…

하…

말을 그렇게
할 건 뭐야…

이유가 있으면
돌아오겠다니…

네가 돌아오라면
돌아오고

거절하면 거기 계속
있겠다는 거 아냐…

또 곤란한
얼굴을 하네…

헤리야.

네?

일단 네 생각부터 해.
내 생각 말고, 네 생각.

사람이 그렇게
쉽게 바뀔 수 있나요?

못 바뀌지.

…아니.

63

송름스레

단호하시네요.

그럼…
바뀌기 어렵다고
해두지, 뭐.

물론…
쉽지야 않겠지만…

맞아…
내가 돕는답시고
했던 행동들도

다 내 욕심이었을 뿐…
혜리에겐…

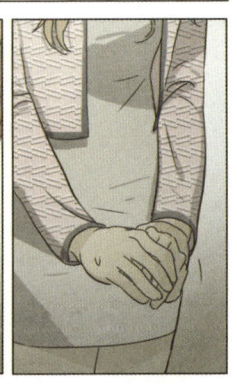

도움이 되고 싶었지만
나는 역부족이었어.

스스로 안에서 문을 열고
나와야 한다는 거지.

밖에서 누가
부르고 끌어낸다고 되는 게
아니더라고.

그러다가 결국
문 밖에 있는…

주변에
있는 모든
사람들을
놓쳐버리는 거지.

탁

부글

부글

더 이상 피하면 안 된다는
마음은 먹게 되었으니까.

친구 ★★ 1/1

이현경

★ 1/18

김예진
류현하
박상민

lezhinon

lezhinon de

어라?

아무렇지도
않…네?

친구 ★ ★ 1/1

이현경

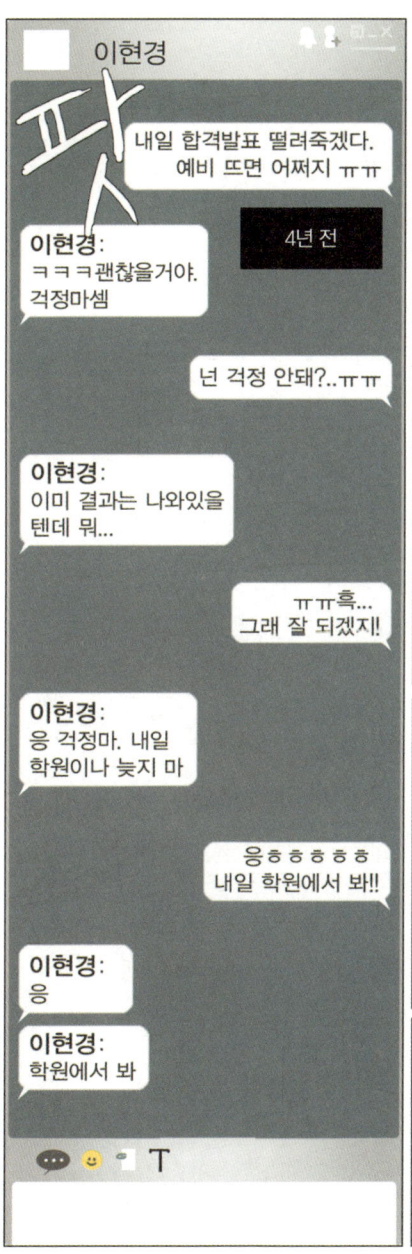

이현경

내일 합격발표 떨려죽겠다.
예비 뜨면 어쩌지 ㅠㅠ

이현경:
ㅋㅋㅋ괜찮을거야.
걱정마셈

4년 전

넌 걱정 안돼?..ㅠㅠ

이현경:
이미 결과는 나와있을
텐데 뭐...

ㅠㅠ흑...
그래 잘 되겠지!

이현경:
응 걱정마. 내일
학원이나 늦지 마

응ㅎㅎㅎㅎㅎ
내일 학원에서 봐!!

이현경:
응

이현경:
학원에서 봐

이게
마지막 대화였구나.

철컥

저 왔어요~

불도
안 켜고 뭐 해?

엄마는?

해저래

?

……

내가

무리하게 만들고
있는 건 아닐까…

♥
64

과거의

얘가 집 분위기
뒤숭숭하게
거실에서
왜 이래?

또 왜
그러는데?

별일 아니면…

얼른얼른.

뭘 벌써…

괜히 딴생각 말고
짐이나 싸놔.

급하게
싸면 꼭 잊어먹는 거
생기더라.

3주나 남았는데…

털
썩

아니…

3주밖에
안 남은 건가…

디 힘을 내자.

더 힘을 보태주자.

곱씹듯 다짐하지만

가슴 한구석에는

떠오르는 물음을
애써 목 너머로 삼켰다.

그렇게 삼킨다고
없어지는 것이 아니었는데⋯

언제
얘기하지…

너 얼굴
아직도 빨개.

그만하세요…

......

벌써 이번 주네.
점등식.

그러게요.
시간 참 빠르네요.

아, K대 과 점퍼다.

이번에 합동으로
한다더니

학생들도
벌써 왔다 갔다
하는구나.

선배,
안녕하십니까~

오빠,
안녕하세요~

정말 너무하다는
생각이 들었다.

이렇게 뻐저리게
알려줄 필요는 없잖아.

과거라는 것은

다 잊었다고
생각하는 그때

역습해온다는 걸…

♥
65

역습

…주혜리 맞지?

……

오랜만이네.

둘이 아는
사이래요?

어…

고등학교
친구래.

앉지 그래?

아니…
괜찮아.

너 이 학교 왔다는 건
알고 있었는데
이렇게 만날
줄은 몰랐네.

점등식…
때문에 온 거야?

어, 나
학생회라서…

K대 갔…구나.

…재수했거든.

남자친구?

아… 아니,
아니야.

그럼?
그냥 선배?

……

…그 표정도 짜증나.

내가 널 괴롭히기라도 했냐?

이 기분을 알고 있다.

느껴본 적 있어.

새까맣고 차가운 것이 온몸에 달라붙고,

그것에서 도망치고 싶은데…

말을 붙여준 사람이
바로 현경이였다.

그림을 그리는 건
좋아했지만

미술 할
생각 없어?

미대를 간다거나 하는
생각은 해본 적 없었다.

덥썩

같이 다니자!

어? 누구야?
새로 온 애?

어,
같은 반 애.

오늘부터 다녀.
얘 되게 착해.

264

♥
66

뒤틀려
부러졌던

주혜리는

어색해하던 것이 언제였지
싶을 정도로 잘 적응했다.

무척 예쁘고
성실하고

착하기까지 한
주혜리.

'이게 아닌데?'

…뭐가 아니라는 건지…

그럼 뭐가 맞는 건지도 모르면서…

너의 옆에서 추하게 뒤틀려만 갔던 나…

수능이 끝나고

전쟁 같은 실기 시험이
연달아 있던 그 겨울.

어머, 혜리
왔구나.

안녕하세요…

어제 M대 실기
보고 왔지?

시험 어땠어?

음…
일단 시간 안에 다
그리긴 했어요.

다행이네.

시간 안에 완성 못한
애들도 많은 것 같아.

보니까 주제가
어려웠더라.

너랑 같이 본
애들 몇 명도…

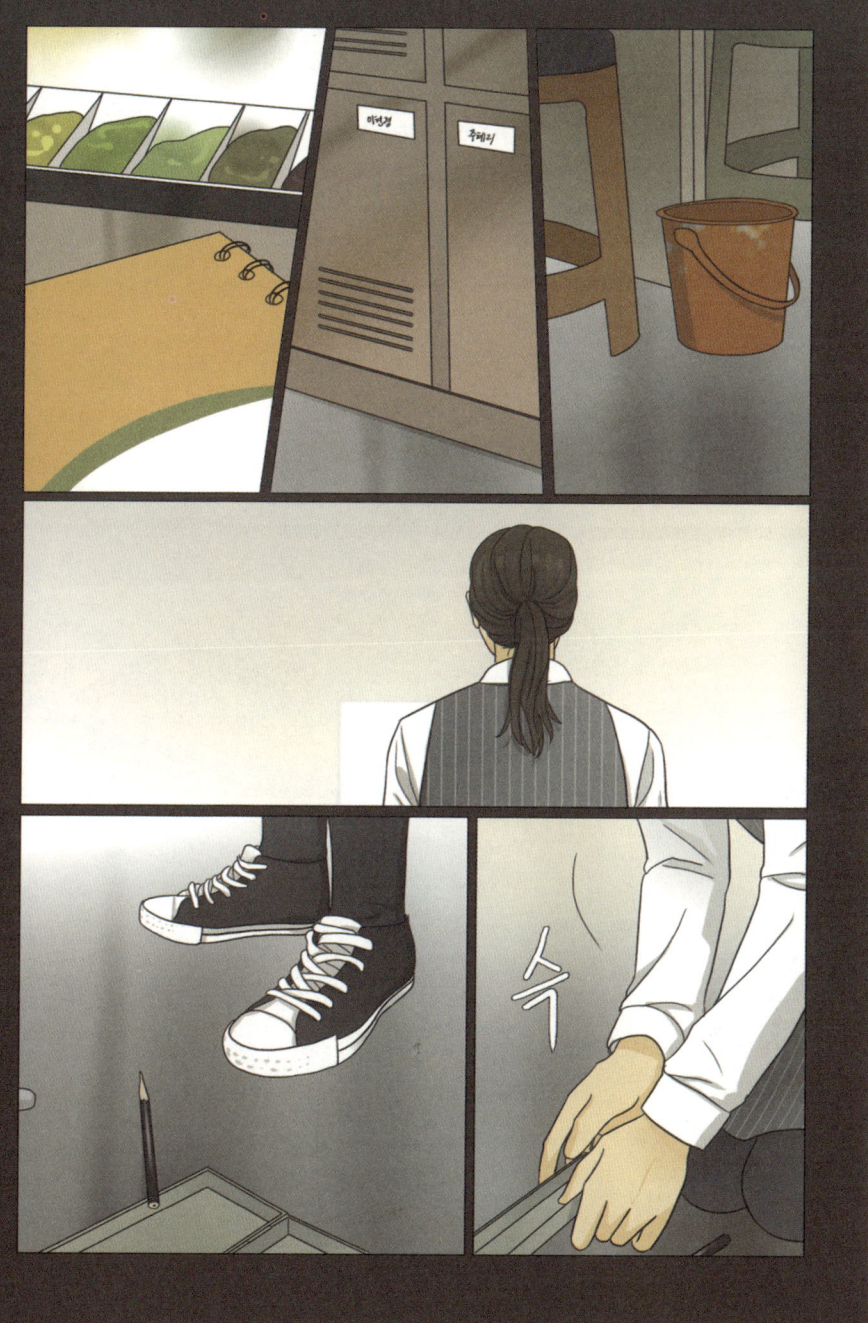

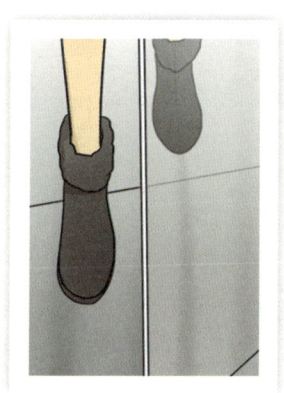

67

공황

전부 제가
알던 것과 달라서

이제 잘
믿지를 못하겠어요.

툭

투둑

저는… 아주
이상해졌어요.

목말라…

집에… 어떻게
들어왔더라…

기억 안 나…
아무 생각도 안 나.

그날 이후,
학원엔 가지 않았다.

'내가 현경이에게 상처를 입혔다.'

그건
사실이었기에

현경이에게 한없이
미안하다가도

현경인 왜 그렇게
내가 싫었던 거지?

2년. 2년이나
같이 있었는데

나한테 웃어주던 것도
나와 즐겁게 이야기하던 것도
다 진심이 아니었나?

미리 말을
해주지 그랬을까.

내 잘못이 아니라
그게 현경이 자신의 문제는
아니었을까.

넌 모두 다
싫었던 걸까?

그냥 내가
끔찍했던 건가?

내가 뭘 그렇게
잘못한 거지?

지금 나에게 있어서
율미와

화운 선배는

그때 나에게 있던
현경이의 의미와 같겠지.

날 더 밝은 곳으로,

좋은 곳으로
이끌어주려는 사람.

...만약 내가
변하지 못하고

과거를
되풀이하며

율미와
화운 선배를 잃는다면

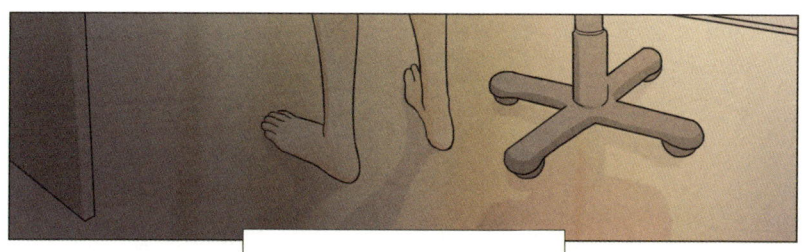

나는 이 끔찍한
기분을 또 겪게 되는 것일까?

혜리…

그때 왠지 상태가
안 좋아 보였는데…

만나기 껄끄러운
상대였나…?

♥
68

해줄 수 없는 일

아뇨, 안 아파요.
괜찮아요.

헤리야,
어디 아파?

어? 주혜리
왔네?

너 연락 안 된다고
화운 선배…

는… 앞에
계시구나.

안녕하세요.

안녕…

네,
안녕하세요.

옛날에도 그랬지?

항상
'난 피해자예요'라는
얼굴을 하곤

날 나쁜 년으로
만들었어.

그냥…
옛날 친구.

헤리는 그 후로

자신에 대한 일을
입에 올리지 않았다.

작업은 아주
순조롭게 진행되었지만

헤리는 때때로

누가 입을
틀어막기라도 한 듯

가볍게
물을 수도 없어서

어설픈 위로도
하지 못한 채

11/24 PM 3:50

꽉

날은
가까워져 오고 있었다.

혜리야.

…?

더 늦기
전에… 말해야 할 것
같아서…

그…

항공사
사정으로…

그렇게
됐다더라고.

출국…
앞당겨졌어.

미안.

12월 1일로.

더 빨리
말해야 했는데…

너의 침묵을 지키며

함부로 손을
내밀지도 못하는 건

내가 너에게 있어
도움은커녕

무거운 짐만 되고
있는 게 아닐까 싶은

이 마음 때문이겠지.

외전

생일 선물

생명인 리본이
떨어졌네.

아깝다… 다시
못 붙이려나…

붙여봤자
또 떨어질걸?
내년에 더
예쁜 거로 사줄게.

…대대손손
가보로 물려줄래.

…버리자…

청춘로맨스

5권에서 만나요~ ♥

4. 그리고, 취중진담

초판 1쇄 인쇄 2015년 11월 10일
초판 1쇄 발행 2015년 11월 20일

글 미울 **그림** BV
펴낸이 연준혁

출판 7분사 분사장 김은주
편집 이소중 **디자인** 김준영
제작 이재승

펴낸곳 (주)위즈덤하우스 **출판등록** 2000년 5월 23일 제13-1071호
주소 경기도 고양시 일산동구 정발산로 43-20 센트럴프라자 6층
전화 031)936-4000 **팩스** 031)903-3891
홈페이지 www.wisdomhouse.co.kr

ISBN 978-89-5913-984-2 17810
ISBN 978-89-5913-821-0 (SET)
값 11,000원

＊잘못된 책은 바꿔드립니다.
＊이 책의 전부 또는 일부 내용을 재사용하려면 반드시 사전에
  저작권자와 (주)위즈덤하우스의 동의를 받아야 합니다.